# 가을의 모자이크

Translated to Korean from the English version of

Mosaic Of Autumn

Ajita Sharma

**Ukiyoto Publishing**

All global publishing rights are held by

**Ukiyoto Publishing**

Published in 2023

Content Copyright © Ajita Sharma
ISBN 9789360168612

*All rights reserved.*
*No part of this publication may be reproduced,*
*transmitted, or stored in a retrieval system, in any*
*form by any means, electronic, mechanical,*
*photocopying, recording or otherwise, without the*
*prior permission of the publisher.*

*The moral rights of the author have been asserted.*

*This is a work of fiction. Names, characters, businesses,*
*places, events, locales, and incidents are either the*
*products of the author's imagination or used in a*
*fictitious manner. Any resemblance to actual persons,*
*living or dead, or actual events is purely coincidental.*

*This book is sold subject to the condition that it shall*
*not by way of trade or otherwise, be lent, resold, hired*
*out or otherwise circulated, without the publisher's*
*prior consent, in any form of binding or cover other*
*than that in which it is published.*

# 목차

| | |
|---|---|
| 불타는 침묵 | 1 |
| 작은 불 | 3 |
| 마지막으로 | 5 |
| 죽음: 탈출 | 7 |
| 잠 못 이루는 눈 | 9 |
| 침묵의 언어 | 12 |
| 태양, 봄, 그리고 너 | 14 |
| 사랑 | 16 |
| 신기루 | 18 |
| 영원히 불태워 | 20 |
| 기다림 | 22 |
| 기억 너머의 길 | 24 |
| 자기 성찰 | 26 |
| 말과 자유 | 28 |

| | |
|---|---|
| 말하지 않은 말 | 30 |
| 보이지 않는 부분 | 32 |
| 열린 감옥 | 34 |
| 공유 비밀 | 36 |
| 결코 멀지 않아 | 38 |
| 꿈 | 40 |
| 불태워질 운명 | 42 |
| 모호함 속에서 길을 잃다 | 45 |
| 침묵의 실 | 47 |
| 내 무덤 | 49 |
| 연장된 가을 | 51 |
| 전쟁과 봄 | 53 |
| 재회 | 55 |
| 정체된 슬픔 | 57 |
| 부재 | 59 |

빛의 우리 몫 61

갈증 63

간단한 수수께끼 65

유일한 보물 67

나의 노래 69

읽지 않음 71

그을린 밤 73

누락 75

추억의 길 77

붕괴된 낙원 80

놓아줘 82

**저자 소개** 84

# 불타는 침묵

 아무도 내 목소리를 듣지 못했다.

그러면 누가 내 부르짖음을 들으리이까?

나는 어두운 밤에 소리 없이 운다.

그리고 아침에

꽃 같은 미소를 붙여 넣으십시오.

나 자신과 세상을 속인다.

후회 없이 고개를 꼿꼿이 세웠다.

늙고 별이 빛나는 눈동자의 마지못해 보이는 모습

고통의 내파를 감추십시오.

두 개의 빈 분화구가 남아 있습니다.

그것은 때때로 화산처럼 용암을 흘리고

있습니다.

## 2   가을의 모자이크

어쩌면 녹아내린 잠든 꿈의 파편일지도 모른다

여전히 자유로워지기 위해 고군분투하고 있습니다.

끓어오르는 눈물에 감춰진 눈물이 내 뺨을 타고 흘러내렸다.

마그마처럼 타오르다가 놈들이 빠져나가 나를 해방시키기도 전에 굳어버린다.

수백만 개의 부서진 조각이 갇혀 있습니다.

내면의 파편처럼 내 안에 박힌 채로 남겨졌다.

그들의 무수한 질문들은 영원히 감옥에 갇혀 있었다.

낡은 시체의 철창 뒤에.

Ajita Sharma

# 작은 불

밤이 지났다

그러나 아무것도 변하지 않았습니다

불이 아직 타오르고 있다고 믿으십시오

타오르는 불씨가 빙빙 돌고 있습니다

불꽃이 높이 날아오른다

내 맨살에 떨어지고

육체적으로 존재하기를 멈춤

내 피부에 닿는 순간

내 어깨 위의 작은 반점들은 재로 변했다

그러나 그들의 본질을 나에게 전해

그들이 내게 지도를 그을리면서.

혀를 내밀었다

불꽃이 내 젖은 혀에 떨어지고

## 4  가을의 모자이크

나는 작은 불을 삼킨다

목이 바싹바싹 말랐어요

백만 개의 모래알처럼

내 내면을 깎아 내다

내 안의 수천 개의 목소리가 숨 막혔다

그러나 배고픔은 계속됩니다.

아득한 신기루의

나를 망상에 빠뜨린다

섬뜩한 연기가 내게서 피어오르고 있었다.

콧구멍 채우기

엄청난 혼돈과 함께.

# 마지막으로

숲 속에서 길을 잃고 싶어

저 언덕 위

나의 이 불안한 마음

잠시도 아무데도 머물지 못하게 해

나는 그저 후퇴하고 고독 속으로 주저앉고 싶을 뿐이다

이 무게를 짊어지는 것이 너무 피곤합니다

그것은 내 어깨에 뻗어 있습니다.

내 날개가 그 발톱에 꽉 쥐어졌다.

잠깐 눈을 감고 자고 싶어요

소라를 불기 전에

마지막으로 내가 가장 좋아하는 악몽을 꾸고 싶다

귀신은 너무나 익숙한 것 같다

## 6　　　　가을의 모자이크

그들의 손톱이 내 피부를 꿰뚫고 있다.

나는 그들의 손을 놓기가 두렵다

그러나 울려 퍼지는 꿈의 눈부신 주변부

내 비전을 엉망으로 만들고 있습니다.

그것은 나의 죽음을 반영한다

천 가지 방법으로

이 썩어가는 행복 속 어딘가에

# 죽음: 탈출

죽음은 탈출구입니다

고뇌와 비참과 괴로움으로부터

죽음은 노래입니다.

우리는 귀를 기울이지 않을 수 없습니다.

우리가 버릴 수 있는 것은 삶이 아닙니다.

그것은 일탈도 없고 구제도 없는 죽음이다

해명 없는 만남이다

우리가 필사적으로 피하는 궁극적인 진실

꿈의 침묵을 뚫고 울부짖는 것, 그것이 삶이다

부지런히 못을 두드리다

망각의 행복한 환상 속에서

고요한 최면

더 긴 길이로 확장

그리고 우회하지 않고 도로에 퍼집니다.

녹은 포장

피부를 긁어 모은다

우리의 망상적 존재에 대하여

그리고 재미있게도 우리를 미지의 미로에 노출시킵니다.

Ajita Sharma

# 잠 못 이루는 눈

잠 못 이루는 눈과

밤이 지나가고 있습니다.

누군가 나를 위해 깨어 있다.

머나먼 어딘가에

그의 부드러운 발자국 소리가 울려 퍼진다

그가 내 마음 곁을 지나갈 때

내 심장 박동의 리듬이 그의 걸음걸이와

일치한다

나는 창문을 열어두고, 명백한 것을 부정한다.

습한 공기가 머리카락을 축축하게 하고

있습니다.

곱슬머리에 매달린 물방울

베개에 머리를 대고 누우면

## 가을의 모자이크

엄마의 목소리가 머릿속에 울려 퍼진다.

그녀는 언젠가 이렇게 말한 적이 있다

"이루지 못한 꿈은 시간이 지나면서 상처가

된다."

나는 그녀가 어떻게 그녀의 말을 얻었는지

궁금하다.

이 말을 할 때 어떤 생각이 떠올랐는가?

아름답지만 피곤한 그 눈동자에 슬픔이 담겨 있었을까?

그녀의 한숨은 오래된 그리움의 바스락거리는 소리였을까?

아니면 내 안에 있는 자신의 결점을 느낀

것일까?

그러나 당신의 존재는 단순한 키메라가 될 수 없습니다.

내가 그렇게 오랫동안 신기루를 쫓고 있었던 건 아니잖아, 그렇지?

왜 나는 심연으로 끌려가는 것 같은 느낌이 들까?

## 침묵의 언어

자, 잠시 침묵 속에 앉아 있자.
그리고 우리 둘만 아는 언어를 발명합니다.
소리에 오염되지 않은 어떤 말들,
그리고 시간을 초월한 의미.
존재하는 단어는 만족스럽지 않습니다.
그들 너머에 귀를 기울여라.
눈으로만 대화합시다.
사랑은 한계에 얽매여 있을 때 너무나 쉬워 보였다.
천천히, 그것은 나를 집어삼켰고 내 존재의 핵심에 도달했다.
당신 앞에서 제가 얼마나 흠뻑 젖었는지요.
나는 사랑과 아픔을 구분할 수 없다.

내 존재 속에서 당신의 반향이 어느 정도인지

말로 표현할 수 있습니까?

그러니 침묵 속에서 말합시다.

아니면 그냥 하늘을 바라보세요.

밤의 공허한 구슬로

달빛이 뺨에 맴돈다.

그리고 내 눈에 비친 보름달.

14 가을의 모자이크

# 태양, 봄, 그리고 너

태양이 내 손바닥에서 미끄러질 때마다
나는 그것을 잡기 위해 필사적으로 노력한다.
하지만 자꾸 내게서 멀어져요.
그리고 나는 문턱에서 기다리던 우울한
저녁으로 돌아간다.
친밀감의 진주가 산산조각이 나다
나는 그것들을 보존하기 위해 서두른다.
그러나 우리의 발자국이 항상 확립되는 것은
아닙니다.
모래 더미에서 정체성을 유지하는 것은
어렵습니다.
어떤 발자국은 만들어지기도 전에 길을 잃을
수밖에 없습니다.

어쩌면 내 발자국이 다른 많은 발자국 밑에서 길을 잃었을지도 모른다.

어떻게 연락하실 건가요?

따라가야 할 길도 없고, 방향도 없다

언젠가 돌아서서 마지막으로 떠나는 날이

올까요?

어두운 복도에서 봄을 끝없이 기다릴 수는

없습니다.

어둠 속에 갇히다

빛의 노래는 쓸 수 없다.

빛은 태양, 봄, 그리고 당신을 의미합니다.

# 사랑

사랑은 결코 죽지 않습니다.

그것은 마음의 작은 구석에서 잠들어 있습니다

약간의 터치만으로 깨어납니다.

그것은 우리의 숨결 속의 향기처럼 조용히

존재한다.

영혼과 그 본질로 혼합되어 있습니다

사랑은 시간의 차원을 초월한다.

비바람의 손길이 닿지 않은 곳

이 덧없는 세상에서 유일하게 영원한 것이

아닐까요

어둠 속의 빛이고 빛 속의 어둠입니다.

혼돈 속의 고요함

그리고 침묵 속의 불협화음

그것은 계속 울려 퍼질 끝없는 메아리입니다

그리고 그것은 오래 남을 것입니다

영원히 마음 속에

사랑이 가득합니다.

가을의 모자이크

# 신기루

이 긴 여정은 신기루에 불과한 것이 아닙니까?
망상 속에서도 꿈을 잃지 않으려는 노력.
황량한 황무지에서 바다를 찾아서
우리가 항해하는 동안 허무함은 결코 우리를 덮치지 않습니다.
우리의 전진은 매번 좌절되고 있습니다.
시련과 격동을 겪으면서
이러한 시련은 궁극적으로 힘의 시험일
뿐입니다.
우리 앞에 놓인 바위투성이의 지형
그것들은 우리의 열정과 열의를 가늠하는
척도가 아닐까요?

제거가 시작되기 전에 우리 모두를 시험하기 위해.

그것은 마음의 말이거나 마음의 말입니다.

배운 교훈을 버리지 않는다면 인생이란

무엇인가?

매일 수많은 캐릭터와 함께 살아가며

사랑의 손에 상처를 입으면서.

자신도 모르게 조용함을 추구하기 위해

무질서로 돌아선다.

궁극적으로, 그것은 모두 먼지 구름일 뿐입니다.

가을의 모자이크

# 영원히 불태워

나는 격렬하게 불타오른다.

불씨
처럼 타오르는 꿈과 욕망 속에서

빛과 날개를 위해 몸부림치는 꿈과 욕망

은 그들을 가두는 벽과 충돌합니다.

이 충돌
의 마찰은 나를 불태운다.

허공을
가득 채우는 연기 자욱한 재는 그을린 나의 조각들이다 내 꿈

의 손에 죽음을 맞이한다 작은 무덤들이

날아다니며 내 죽은 부분들을 감싸고 있다.

매일 다시 불태워지기 위해 환생합니다.

그리하여 나는 몽상가의 운명처럼 영원히 불타오를 것이다.

내 모든 것이 까맣게 그을렸다.

그러나 흉터는 없습니다.

가을의 모자이크

# 기다림

이 긴 막간

오랜 세월 동안 끝나지 않고 존재하지 않습니다.

수 세기 동안 슬픔의 옷으로 싸여 흩어져 있던 이 침묵.

우주도 그 순간을 기다리고 있는 것 같습니다.

언제 돌아서서 돌아올 것인가.

이 순간이 당신의 도착을 기다리고 있습니다.

주입되는 바람

당신의 추억과 함께

그것은 우리가 함께 심은 나무의 마른 잎사귀를 운반합니다.

나뭇가지 사이로 비치는 황금빛 햇살

수백만 개의 작은 반점이 길에 흩어져 빛을

발했습니다.

그리고 그것들은 여러분이 이곳에 있었을 때 빛나는 순간들만을 반영합니다.

별들은 매일 밤 울고 이슬방울로 변합니다.

그들은 갈망하는 눈빛으로 그 길을 바라본다.

봄이 어떻게 도착하고 기다리고 있는지

보십시오.

당신의 모습을 한 번 엿볼 수 있습니다.

## 기억 너머의 길

기억은 우리 안에서 얼마나 오래 지속될까?

그들은 우리를 얼마나 오래 묶을 수 있습니까?

언제까지 우리를 발톱으로 붙잡을 수 있을까?

우리는 진정으로 그들과 함께 동반자로서 앞으로 나아갈 수 있습니까?

우리는 그것들을 놓는 것이 두렵지 않은가?

놓아주기를 꺼리는 것이 그들을 먹여 살리는

것이 아닐까요?

그리고 그들을 더욱 강렬하고 생생하게

만듭니다.

하지만 궁극적으로는 내려가야 하지 않을까요?

현재의 골짜기에서

방해받지 않는 공간이 있는 곳,

새로운 미로로 가는 길

지도도 없고 가이드도 없습니다.

하지만 우리가 빠져나온 미로는 훨씬 더

익숙하지 않았습니까?

손바닥이 피투성이가 될 때까지 몸부림치고,

그것이 주된 동기가 아닙니까?

얻는다는 것은 맡긴다는 것과 같지 않다.

우리는 그것을 가능하게 하기 위해 현실과

싸워야 합니다.

정신적 싸움을 통해서가 아니라 죽을 때까지

꿈을 꾸는 것입니다.

악몽의 끝에는 태양으로 이어지는 길이

있습니다.

가을의 모자이크

# 자기 성찰

나는 자기 성찰을 위해 내 안으로 내려간다.
그리고 나무들이 사방으로 퍼져나가기
시작한다.
헤아릴 수 없고 알 수 없는 무언가 속으로
들어갔다.
세상은 이 경계 안에 있을 수 없다.
금지된 것 너머에는 무엇이 있을까요?
내 방에 갇히다
이 숲의 끝은 어디인가?
이 철조망 벽은 언제쯤 무너질까요?
나는 이것을 넘어 갈 것이다.
어디에나 벽이 있고, 벽은 무한히 많다.

그들은 내가 가는 곳마다 다른 변장으로 나를 노려본다.

하지만 나를 나 자신에게로 이끄는 탐험

어딘가에서 시작해야 합니다.

쫓는 순간 길을 잃지 않는 어떤 지점.

이 시작을 위해서는 해안선이 있어야 합니다.

이 숲 끝의 바다

매일 밤 무서워요.

가을의 모자이크

# 말과 자유

침략을 견딜 수 있는 정도가 있습니다.

완전 침입이 있는 경우

그리고 옵션이 남아 있지 않습니다.

넌 아직도 내 침묵을 요구하지.

그러나 오늘은 입을 열려고 합니다.

당신이 칭찬하든 말든

내가 말하리라. 더 이상 가만히 있을 수 없다.

왜 자유를 위해 싸우는 말에 올가미를 씌우려고 합니까?

그들을 묶어 놓는다고 해서 그들의 존재가

끝나는 것일까?

하지만 언제까지?

인정이 없으면 말이 죽을 수 있다고

생각하십니까?

우리는 끝을 확신할 수 있습니까?

우리가 그들의 목소리에 등을 돌린다고 해서 그들의 환생 가능성을 끝낼 수 있을까?

그리고 오염된 환상의 모습 뒤에

매일 그 말을 하는 거울에 비친 모습을 지울 수 있을까?

가을의 모자이크

# 말하지 않은 말

말은 결코 죽지 않는다는 말이 있습니다. 그들은 우주를 떠돌고,

억제되지 않고 영원히

견뎌냅니다 그러나 우리가 결코 말하지 않는 말은 어떻게 될까요?

또는 우리가 눈을 통해 듣는 말하지 않은 것들. 그만큼 열렬하거나 더

열렬하지만 우리 마음 속에 갇혀 있을 운명에 처한 사람들.

그들은 어디로 가는가? 그냥 허무로 사라지는 걸까요?

그들은, 표현된 것들처럼, 영원히 계속

존재하는가?

아니면 나와 네가 더 이상 존재하지 않게

되자마자 사라질까?

실체가 없는 단어들이 우리의 이 경험적 존재에 어떤 가능성을 가질 수 있을까?

그들은 생존을 위해 자신의 싸움을 싸울 수 있습니까?

아니면 우리가 떠난 후에도 어떤 식으로든

그들을 살리기 위해 그들의 투쟁에 동참해야 합니까?

## 보이지 않는 부분

보이지 않는 부분을 보호하는 것은 매우 어렵습니다.

그들은 가장 취약합니다.

하지만 우리는 우리 자신을 여러 조각으로 나누는 사람들이 아닌가?

황금빛 저녁에 너에게 준 나의 모습

다시는 나에게 돌아 오지 않았다.

당신이 떠난 후에도.

매일 동경의 눈으로 바라보며

한때 내 미소를 비추던 깨진 거울 속으로

하지만 지금은 내 미소를 조각조각 보여준다.

어쩌면 언젠가 나의 방황하던 부분이 다시 나를 찾을지도 모른다.

아무리 다쳐도

어떻게든 남은 힘을 모으자.

그리고 그 발자취를 되짚어 내게로 거슬러

올라간다.

그러나 나는 그것이 돌아오기를 갈망하는

방식이 두렵다.

그리고 돌아오기 위해 안절부절못하며

노력하는 모습

언젠가 우리가 마침내 하나가 된다면 어떨까요

서로를 바라보며

부상과 패배 모두

그러나 서로를 알아볼 수 없었다.

가을의 모자이크

# 열린 감옥

어쨌든 인생은 열린 감옥에 갇혀 사는 것과 같습니다.

사방이 보이지 않는 벽으로 둘러싸여 있습니다.

우리는 펄럭일 수 없는 날개를 가지고 있습니다.

장식품처럼 우리에게 붙어있는 것은 또 다른 짐입니다.

비행에 대한 욕망은 우리의 망각 어딘가에서 사라졌습니다.

우리는 편안한 무지 속에 갇혀 있습니다.

우리의 감금에 신경 쓰지 않고

이 포로 생활에서 풀려날 때를 알지 못한다.

방향 감각을 잃은 우리는 자유와 감금 사이에 서 있습니다.

우리가 이 창살 안에서 우리의 존재를 깨닫는 날
그들은 약해지기 시작합니다.
옥의 깨달음이 자유의 시작이기 때문에,
벽을 부수기 위해서는 먼저 벽을 보아야 합니다.
우리의 희망이 날아가 수평선을 볼 수 있도록
탈출한 사람들은 미친 사람으로 낙인찍힌다.
우리 대부분은 철창 너머에서 사는 것을 두려워합니다.
해방 후에도 자유로워지고 싶지 않은 사람들
우리는 이 감옥에서 인생을 시작하지만,
몸부림치지 않고 그 자리에서 사라진다면,
그것은 궁극적인 헛수고가 될 것이다.
살아 있음을 느끼고 진정으로 살기 위해,
우리는 언젠가 이 벽에서 벗어나야 할 것입니다.

# 공유 비밀

오늘 밤은 바람을 맞으며 산책을 가자.

잠깐 시간을 내세요.

그리고 우리가 품고 있는 모든 것을 만나게 됩니다.

고민을 떨쳐 버리고 긴장을 풀어보세요.

우리의 모든 아픔을 쏟아냅시다.

우리가 숨겨 왔던 것들.

무언의 먼지를 날려 버리십시오.

그들이 잊혀진 사람들을 위해 손을 뻗어 말할 수 있게 하십시오.

오래된 두려움을 발견하십시오.

우리가 감당할 수 있는 공포의 정도를 알아보자.

소리 없는 눈물을 흘린다.

그래서 아무도 모를 것입니다.

우리가 울고 있었다는 것을

흘리지 마십시오.

바람의 무릎에 놓기만 하면 됩니다

그리고 그것이 그들 모두를 데려가게 내버려

두세요

공유된 비밀처럼.

## 결코 멀지 않아

사업에서 이익과 손실을 찾습니다.

하지만 혼돈 속에서 침묵 속에서 자신을 지우는 것은 사랑이 아닐까?

그러니 왜 우리가 나에게서

무엇을 빼앗아 갔는지, 내가 잃어버린 순간에 대해 토론해야 하지?

기억의 상처는 결코 마르지 않습니다.

그들은 만지지 않고 피를 흘리기 시작합니다.
네가 날 밀어 넣은 강은 충분히 깊지 않았어.
그러나 내가 사랑에 빠졌을 때 어떻게 익사하지 않을 수 있었겠는가?

그러니 내가 얻은 고통과 내가 흘린 눈물에

대해서는 말하지 말자.

넌 항상 내 곁에 있었어, 그림자처럼.

네가 실체가 있었다면 내가 너를 만질 수 있었을 텐데.

하지만 그대는 그저 생각, 망상일 뿐이었다.

내가 마음 한구석까지 닦은 길은 곧게 뻗어 있었다.

그러나 어쨌든 당신은 여러 턴에서 길을

잃었습니다.

지금 우리 사이에는 너무나 많은 거리가 있지만, 나는 그 이별을 느끼지 못한다.

하지만 가끔은 내가 지금의 나를 얻었는지, 아니면 지금의 나를 잃었는지 궁금하다.

# 꿈

꿈은 그 중요성을 잃는다.

그것들이 성취되는 순간

성취되지 않은 것들; 그들은 우리를 긴장하게 만듭니다.

인생에서 결핍된 무언가가 우리를 계속

나아가게 하고 더 많은 것을 추구하게 합니다.

그것은 항해를 가치있게 만듭니다.

근심 걱정 없는 사람은 모든 것을 이룬

사람입니다.

남자는 여행을 계속하는 것이 중요합니다.

목적지에서 멀리 떨어져 있거나 목적지가 전혀 없더라도 말입니다.

길은 항상 우리와 함께하기 때문입니다.

인생의 마법을 헤쳐 나가는 것은 쉽지 않습니다.

이 사막을 건널 사람들

필요한 것을 포장 한 사람입니다

산만한 갈증과 메마름과 싸우기 위해.

봄에는 모든 나무에 꽃이 핀다.

그러나 가을에 피는 것들

가장 특별합니다.

가을의 모자이크

# 불태워질 운명

불꽃이 내 앞에서 춤을 추었다.
그들은 그것이 닿는 것들을 먹으라고 경고했다
그들을 한낱 먼지로 전락시키겠다는 약속과 함께.
천천히, 그리고 고통스럽게, 그것은 나를 집어삼켰다.
대단한 열성으로, 그것은 내 살을 까맣게 그을렸다.
내 비명은 연기로 변했고, 솟아올랐다가 흩어졌다.
나는 숲처럼 맹렬하고 완전히 불탔다.
나는 불씨가 되어 홀로 고통 받았다.
내 피는 서서히 녹아내렸다

그리고 내 세상이 불길에 휩싸였을 때 모두가 도망치는 것을 보았다.

내 살이 타서 쓰러지면서

상처가 아물었다는 흔적이 사라졌다.

그리고 결코 치유되지 않은 것들을

발굴했습니다.

나는 피를 흘리고 피를 흘렸지만, 내 자신의

고뇌에 정복당하기를 거부했다.

오랜 시간 동안 불타오르고 나서야 한 가지 사실이 밝혀졌습니다.

전혀 아프지 않았을 때

불길은 그저 위로의 담요처럼 느껴졌다.

나는 손을 들어 검게 그을린 피부를 바라보았다.

다른 사람들이 남긴 흉터는 더 이상 보이지

않았다.

딱딱한 동굴 벽에 새겨진 것처럼 전투 장면의 조각만 남아 있었다.

나는 연기가 자욱한 긴 숨을 내쉬었다.

나를 덮고 있던 재를 치웠다.

나는 내 유해의 잔여물을 털어냈다.

나는 어둠 속에 섞여 서 있었다.

연약한 잿더미를 살며시 밟으며 나는 모든 것을 뒤로하고 떠났다.

불태워질 운명이었던 모든 것.

# 모호함 속에서 길을 잃다

마음의 입구는 모호하고 안개가 자욱합니다.

그리고 그곳으로 가는 길은 미로입니다.

이 peregrination 에서 혼자

나는 앞으로 나아갈 길을 찾기 위해 산을 돌고 있다.

하지만 저는 방랑자입니다.

내 마음 속에 고향에 대한 그리움을 담아.

나는 도망치고 싶은 압도적인 욕망과 싸운다.

그리고 나를 따라다녔던 향수를 불러일으키는 리듬을 들어라.

그대가 나와 함께했던 시절의 희미해져 가는 메아리

구름 위의 약속처럼 내 주위를 떠다녔다.

빗방울 눈물

## 가을의 모자이크

당신의 모습에 대한 갈증으로 저를 흠뻑 적셔주세요.

그것은 나를 고통과 깨달음으로 가득 채웁니다.

그대가 남긴 떨리는 공허함을.

막연한 목적지를 향한 나의 걸음걸이는 얼마나 굳건한가

애매모호한 터널로 향하는 것처럼

반대편에 당신의 존재를 인식하지 못합니다.

# 침묵의 실

나는 침묵의 실타래에서 소음을 엮어 냈다
반딧불이를 한 마리 한 마리 따서 태양을 새겼다
금박을 입힌 색상은 충분히 밝았습니다
번쩍이는 옷차림에 내 아픔을 감추기 위해
나는 내 뒤에 있는 모든 다리를 불태웠다
그리고 불을 사용하여 길을 밝혔습니다.
헤어지던 날 밤, 나는 카니발로 가는 길을
선택했다.
나의 평안만으로는 사태를 해결할 수 없었다
그래서 나는 내 피의 색으로 반항을 그렸다
떨어져 흙에 닿은 물방울
솟아오르고 퍼지는 증기로 변모

그것은 결코 묻지 않은 질문의 소란을
일으켰습니다
귀를 가리지 않은 사람들
격변을 진동시키는 음악에 맞춰 춤을 췄다
그들은 혼란 속으로 뛰어들어 헤아리고 풀었다
그리고 내가 중단한 곳에서 엉킨 것을 풀고 짜기
시작했습니다.

# 내 무덤

내가 남긴 무덤은 내 것이다.

나의 일부가 그들 각각에 산 채로 묻혀 있다.

그들의 고요한 눈은 매번 나를 노려본다

나는 황량한 골목길을 걸어 내려간다

내 이름을 딴 무덤을 따라

그들은 수수께끼로 나에게 질문한다

내가 해독 할 수 없습니다.

그들에 대한 답을 찾기 위해

미로를 산책하는 것 같습니다.

나뭇가지에 우아함을 걸고 무슨 일이

일어나기를 기다리고 있습니다

널찍하게 펼쳐진 무덤의 침묵이 귀청을 찢을 듯 들린다.

## 가을의 모자이크

시작해서 끝나지 않는 의식처럼.
내 조각들이 혼란 속에 놓여 있는 것일까?
아니면 나는 매장을 기다리며 남겨진 조각일까?

# 연장된 가을

이 깊은 시간의 틈에서

내가 존재하는 곳, 꿈을 꾸며 사는 곳.

가을은 영원히 여기에 머물러 있는 것 같습니다.

떠나는 것을 잊었다.

모든 것이 멈췄습니다.

긴 휴식에서 길을 잃다

손대지 않고 어떤 것에도 영향을 받지 않습니다.

그것은 휴식을 기대하며 기다린다.

또는 유예된 절정에서 구속될 수 있습니다.

어쩌면 언젠가는 이 공허로 돌아올지도 몰라요.

그리고 한숨과 함께 모든 것이 저절로 부활할 것입니다.

이 휴면 속에서 너희의 생각은 얼마나

## 가을의 모자이크

부조화스러운가?

그들은 결코 멈추거나 멈추지 않습니다.

그들은 끊임없이 움직입니다.

나는 매일 마른 잎을 모은다.

내가 언젠가 약속한 대로 너에게 편지를 쓰려고

하지만 한 가지 생각이 그림자 속에 남아

있었다.

키메라의 꿈을 가슴에 품고

나는 부패의 색깔만 모으고 있는 것이 아닌가?

# 전쟁과 봄

큰 전쟁은 결코 혼자서 벌어질 수 없다.

우리는 얼마나 오랫동안 좌골 신경통에 종사할 수 있습니까?

그런 허무함 속에서 길을 잃는 것이 우리 영혼의 목표가 될 수 있습니까?

눈의 방향을 바꾸지 않고 과연 변화를 바랄 수 있을까?

어떤 개인적인 이유도 날짜를 변경할 만큼

중요할 수 없습니다.

자신의 십자가를 짊어짐

싸움을 약화시킵니다.

우리의 목적지를 어렵게 만듭니다.

어둠으로 만들어진 방에서 빛을 기다리는 것은 쓸모가 없습니다.

무슨 이유에서입니까? 그리고 언제까지?
사막에 갇힌 남자
봄을 기다리는 것은 이해하기 어려운
환상입니다.
그 길은 고의적인 반항의 길이다.
빛을 가두어 놓은 그 손에 대항하여
그리고 마침내 봄이 올 것입니다
그러나 메마른 사람들 한가운데서 환상의
오아시스에 있지 않을 사람들에게만
해당됩니다.
대신 피투성이가 된 팔과 반란의 기억을 안고
길에 나설 사람들을 위해.
그들은 갈림길 중에서 선택할 것입니다.
날카로운 눈빛과 강한 손놀림으로
지금 조용히 있기로 선택한 사람들
봄이 오는 것을 결코 볼 수 없을 것입니다.

# 재회

우리의 이 실체는 먼지 구름에 지나지 않는다.

영속적인 운동에서 변칙적 발생

우리의 공연을 위한 시간은 제한되어 있습니다.

평결의 최종 선언 전에.

언젠가 바람이 불어와 우리의 존재를

흩어버리지 않을까요?

아무것도 남지 않을 것입니다.

약간의 실망과 약간의 분노를 제외하고는.

한 줌의 재

우리가 피하지 못한 수수께끼 같은 욕망의 잔재.

꿈과 삶은 결코 같지 않습니다.

그러나 그들은 매우 다릅니까?

우리는 한 사람의 덧없음을 알고 있지만 다른 것은 잊어 버립니다.

우리의 존재는 어려운 질문입니다.

어떤 담론이나 담론의 요점은 무엇인가?

궁극적인 답이 침묵일 때.

모든 것을 뒤로하고

우리는 우주에 흩어질 것이다.

하지만 그것은 단지 재회에 불과하지 않을까요?

# 정체된 슬픔

슬픔은 내 문턱으로 돌아올 것이다.

허락하면 퍼집니다.

내가 그것을 무시하면 여전히 스며들 것입니다.

창문과 갈라진 틈을 통해.

세월이 흘렀다

그리고 나는 내 둥지를 계속 바꿨다.

그러나 그것은 매번 나를 찾습니다.

끈질긴 연인처럼

나는 그것을 피하려고 노력하지만, 그것은 항상 나를 잡을 수 있습니다.

불씨가 열을 잃은 이상한 시간

그러나 불굴의 마음은 포기하지 않을 것입니다.

내 말은 나를 만족시키지 못한다.

내가 어떻게 생각하든, 그들은 그것을 표현하지 않는다.

나는 내 언어를 넘어서는 언어로 노래하고 싶다.

귀 기울여 들어주신다면

모든 것이 괜찮지 않을까요?

때때로, 나는 생각하는 것을 좋아한다

내가 우연히 다른 사람의 슬픔을 물려받았다는 것을.

확실히 내 몫의 행복

도로의 일부 구부러진 곳에서 좌초되었습니다.

그것은 여전히 혼자서 겁에 질린 채 나를

기다리고 있을 것이다.

# 부재

당신의 부재는 어떻게든 당신의 존재를 증가시켰습니다.

당신은 당신이 남긴 이 공허 속에서 더 강력합니다.

출발하는 순간부터

당신은 무소부재(無在在)가 되었습니다

아까 온전했던 거울

고장 난 이래로 무수히 많아졌습니다.

모든 작은 조각은 꿰뚫는 파편입니다

내 보물의 빛나는 기념품일 뿐이다.

당신의 존재는 그림자와 빛처럼 모든 구석에 퍼져 있습니다.

한때 내 귓가에 속삭이던 말들

그것들은 나의 외로운 침묵 주위를 날아다니며 이제 어디에나 있다.

내 마음의 경계 안에 있던 무언가

이제 내 나머지 부분까지 퍼졌습니다.

날이 갈수록 나 자신을 찾기가 너무 어려워지고 있습니다.

도취에 불과했던 사랑,

그 강도의 정도에 이르렀고 이제 서서히 나를 소멸시키고 있다.

# 빛의 우리 몫

죽음은 꿈이다.

비상구 없음

가면 뒤에 숨은 것을 잊고 있습니다.

우리는 이 끝없는 황홀경에 들어간다.

우리가 가지고 있던 왜곡된 인식을 여전히

믿으면서

주문이 필요하지 않은 마법의 통로에서.

그것은 우리를 이 무한한 고요함으로 이끄는 길일 뿐이었다.

우리가 짊어지고 다니는 모든 것, 우리가 만나는 모든 것이 단순한 환상에 불과한 덧없는

여정으로부터.

흐릿한 시야를 맑게 해주는 앞길을 향해

## 가을의 모자이크

우리는 오해의 소지가 있는 산만함을 가지고 걷습니다.

숨을 들이쉬고 내쉴 수 있는 것은 어둠뿐이다

이 어둠에 휩싸인 우리는 이해합니다.

우리의 빛은 흩어졌고 이 어두운 세상

어딘가에서 찾을 수 있습니다.

저 너머의 온기에 도달할 때까지 앞으로

나아가는 것만이 유일한 선택이다.

우리가 빛의 몫을 찾지 않는 한 계속

걸어가십시오.

Ajita Sharma

# 갈증

나는 존재한다

그러나 내가 살아 있든 없든 간에.

나는 그것을 결정할 수 없다.

나는이 간단한 질문에 대한 답을 알 수있는 방법을 찾지 못하는 것 같다.

내가 아직 살아 있다면,

통증이 마비되는 이유는 무엇입니까?

내 눈물이 수증기로 변했단 말인가?

지구의 4분의 3에 물이 있다고 합니다.

그런데 왜 내 몫에는 목마름만 있는 것일까?

끝없이 흐르는 이 깊은 강 옆에.

목적지로 이어지는 소방 터널을 통과해야

합니다.

다른 쪽 끝에서 알게 될 것입니다

나는 금으로 변했는가, 아니면 불씨로 변했는가?

# 간단한 수수께끼

나는 너에게 가고 싶어

단순한 수수께끼처럼

쉽게 해결할 수 있는 것

자신의 작은 승리에 미소를 짓게 만드는 사람.

나는 그런 태도로, 그런 몸짓으로 말하고 싶다.

그것은 나의 이러한 복잡한 욕망을 지극히 단순하게 제시할 것이다

그리고 나의 계시를 방해하는 것이 아니다.

내 생각이 벌거벗은 연약함 속에서 당신 앞에 놓여 있기를 원합니다

내가 내 말로 쌓아 올린 이 복잡한 성의 요점은 무엇일까?

벽이 매일 당신의 향기를 들이마시지 않는다면

먼지 더미로 무너지지 않겠습니까?

그것은 내 말의 중요성을 감소시킨다.

그것이 당신에 대한 나의 그리움의 전달을 방해한다면?

말조차도 이해받기를 갈망하지 않습니까?

목적지에 도착하기 전에 소멸하는 경우

그렇다면 내 침묵이 대신 말하게 해야 하지 않을까?

# 유일한 보물

내 방의 후크

비어 있지 않습니다.

수많은 추억이 걸려 있습니다

때때로, 한밤중에,

외로움만을 동반자로 삼아

나는 이 기억들의 온기에 몸을 감쌌다

고요함의 자궁에서 자고 있는 내 방,

갑자기 혼돈의 메아리로 가득 찹니다.

과거의 일각이 강물처럼 내 주위를 떠다닌다.

지나갔지만 잊혀지지 않는 얼굴들

내 앞에서 생생하게 헤엄쳐

시간의 침략으로부터 안전

그들은 결코 나를 버리지 않는다

그리고 종종 오랜 친구처럼 나를 둘러싸고
있습니다
혼자 있을 때면 이런 기억에 빠져들곤 한다
그것들은 모두 내 것인 유일한 보물이다.

> # 나의 노래

당신은 더 이상 내 노래 속에 있지 않습니다.

곡이 어딘가에서 길을 잃었습니다.

더 이상 음악을 들을 수 없습니다.

내 생각 속에서도, 내 꿈의 복도에서도, 너는 지나치지 않는다

때때로 의미 없는 눈물 몇 방울만 흐릅니다.

마치 오래된 절망의 잔재처럼.

내 눈 구석에 그림자를 남겨 두었습니다.

당신과 함께 살았던 모든 순간은 시간이 지날수록 어둠 속으로 사라집니다.

더 이상 아프지 않습니다.

어쩌면 더 이상 이 고통을 느끼지 않을지도 모른다.

## 가을의 모자이크

더 이상 할 말이 없다

고통의 비명 몇 번을 제외하고는

이 침묵의 심연에서 암시로만 존재한다.

산산조각이 날 것이 더 있을까요?

이 고통의 모자이크 속에서

당신은 잊혀진 기억입니다.

영원히 내 어깨 위에 앉아있을 것입니다

나는 그것이 때로는 비를 맞고 때로는 햇볕을 받으며 날개를 펼칠 것임을 안다.

하지만 나는 더 이상 그 기억의 그림자가 되지 않을 것이다.

# 읽지 않음

나는 그를 위해서만 글을 씁니다.

늘.

단 한 번도 나를 읽으려 하지 않았던 사람

나는 아우레아테 커버 너머에 있었다.

그리고 화려한 컬리큐보다 훨씬 더 많습니다.

개 귀가 달린 페이지들, 그는 내가 정말로 벌거벗은 것을 발견했을 것이다.

그러나 그들은 기다렸고 그의 손길을

갈망했지만 헛수고였다.

나의 연약함은 그 중간 어딘가에 있는 완고함에 둘러싸여 있었다.

그것은 헛되이 그의 부지런함의 손아귀에서

발견되기를 기다렸다.

그가 채우기 위해 일부러 비워 둔 페이지도 있었습니다.

그러나 그 길은 미개척 상태로 남아 있었다.

어디로도 갈 수 없는 대초원이었기 때문에,

그가 그 길을 걸어 내려갔더라면 수백만 송이의 압화들을 발견했을 것이다.

한적한 통로 사이

쓰여진

내가 그의 이름을 따를 때마다.

Ajita Sharma

# 그을린 밤

고요한 달밤

내 숨결과 합쳐졌다.

습한 밤이 계속 연기를 내뿜으면서

오늘 밤 누군가 나를 찾아 나섰다.

달은 나의 기다림과 외로움의 유일한 증인이다.

이 달빛 아래, 나는 그의 사진을 아주 많이 엮었다.

그의 냄새가 후덥지근한 공기와 섞였다.

그것은 그분의 도착이 임박했다는 소식을 전해 주었습니다

어쩌면 그가 나를 위해 뭔가를 중얼거렸을지도 모른다.

갑자기 바람이 음악처럼 들렸다.

나의 안절부절못함은 이 아타락시아 속에서 모순처럼 보인다.

내 몸의 조각들이 내게서 멀어진다.

그리고 그분께 이끌립니다.

내 모든 조각이 그의 탐색을 쫓고 있습니다.

이 분리를 끝내기 위해 그분의 임재를 구하십시오.

설명할 수 없는 조바심이 그들의 길잡이가 되었다

그들은 중간 어딘가에서 만나기 위해 길을 떠났다.

# 누락

생명은 사라지지 않습니다.

그러나 무엇이 빠져 있습니까?

완성 직전의 미완성 상태로 남아 있는 무언가가 있었다.

여전히 절정을 찾아 표류하고 있습니다.

어둠 속 어딘가에서 사라진 한 줄기 빛

그 어느 때보다도 내 추구를 회피하고 있다.

그러나 때로는

아침은 저 끝에서 나를 기다리고 있다.

꿈이 내 손길을 기다리고 있다.

그러나 이러한 얽히고설킨 가운데서 앞에 놓인 길은 얼마나 흐릿해 보이는가!

우리 사이에는 미로처럼 얽힌 철조망이 펼쳐져 있었다.

그리고 너는 이것을 건너 걸어와야 한다.

그 길을 건너 내게로 올 수 있겠느냐?

매일 밤 네 이름을 부르는 내 목소리의 메아리가 들리지 않느냐?

그리고 나는 당신에게 계속 속삭일 것입니다.

누군가 밖에 있다는 것을 상기시켜줍니다.

당신을 기다리고 있습니다.

누군가 당신의 존재를 갈망하고 있습니다.

이 무서운 광활함을 여전히 건너지 않겠습니까?

# 추억의 길

메모리 레인이 실제 레인이라면 어떨까요?

그리고 우리는 때때로 산책을 할 수 있었습니다.

우리는 우리가 발견한 것에 만족할 것입니까?

또는 우리 자신의 곤경에 실망할 수도 있습니다.

야생화 속에서 널 찾을 수 있을 거라는 걸 알아.

와서 내 손을 잡아 줄래?

이 외로운 길을 혼자 걷는 것이 두렵습니다.

과거의 유령에 시달리고 있습니다.

저는 주님 앞에서 더 강해질 것임을 압니다.

그리고 여전히 남아 있는 질문의 유령을

두려워하지 않을 것입니다.

우리가 밟을 때 나를 꼭 안아줘

우리가 공유한 추억을 되살리기 위해.

우리가 함께 잃어버린 사람들을 만나기 위해.
그리고 우리 자신을 예전처럼 소중히 여기기 위해,
얼마나 이상할까요
신맛이 나든, 달콤하든, 씁쓸하든,
ambrosial 맛이 나고 우리를 압도하게 할 것입니다.
다시 한 번 우리를 아프게 할 수 있는 순간이 있을 것입니다.
그래도 내 손을 잡고 차선 끝까지 걸어간다.
새벽녘에 떠날 시간까지.
어쩌면 우리가 함께 기념품을 고를 수도 있습니다.
언젠가 손바닥에 안고
그리고 그것이 우리의 눈물에 흠뻑 젖게 하기 위해서입니다.

언젠가 내가 떠난 후

그리고 당신은 혼자 산책하는 자신을

발견합니다.

어딘가에 내 이름이 쓰여 있는 것을 발견하면

한 번만 큰 소리로 말하십시오.

지나간 시간이 갑자기 돌아온다.

그리고 당신은 이 기억의 길 어딘가에 행복하게 존재하는 나를 발견하게 될 것입니다.

나는 그곳에서 영원히 살며 너를 품에 안을 것이다.

기억 속에 불멸하고 부패의 영향을 받지

않습니다.

시간을 내서 거기서 만나자.

# 붕괴된 낙원

오늘 밤, 내 창문 밑의 강은 너무나 불안하다.

달의 거리는 표면에서 떨리고 있습니다.

외로운 발광체로 향하는 외로운 길, 붕괴.

오늘 밤, 작은 낙원은 혼란스럽고 찾기 힘든 상태로 남아 있습니다.

산산조각이 난 금 수백만 조각이 평온한 표면 위에 펼쳐져 있었다.

왜 이 강은 나에게 거울처럼 보일까?

그것은 빛의 파편들을 어떤 미지의 목적지로 운반하는 것처럼 보인다.

평온하게 움직이는 온전한 세계.

내 손길에 불을 붙인 그것은 파도 아래의

난기류를 가리고 있었다.

깊은 곳에서 익사하는 것을 두려워하지 않는 사람들을 위해 수수께끼를 풀어줍니다.

해질녘 이 강물의 노을은 얼마나 마음을

달래주는가

시간과 먼지로부터 안전한 안식의 안식처.

하지만 이 외딴 밤에,

그것은 숨겨진 흥분을 불러일으킵니다.

분출하는 파도가 소리 없는 비명처럼 보이는

이유는 무엇입니까?

## 놓아줘

어째서 아직도 내 기억 속을 맴도는 거지?

우리의 길과 목적지는 서로 달랐습니다.

그런데도 왜 아직도 뒤를 돌아보는가?

놓을 수 없는 것은 무엇입니까?

바람에 흩어지는 것이 모래의 운명이 아닐까요?

그런데 어째서 그 모래를 불멸의 낙원으로

만들려고 고집하는 겁니까?

누군가의 기억 속에서 길을 잃는 것은 우리의 운명이다.

그런데, 왜 자꾸 덧없음을 붙잡고 있느냐?

평형을 이루는 꿈을 꾼다.

이 눈보라 속에서 램프를 켜는 것은 어렵습니다.

그렇다면 왜 빛을 지키기 위해 자신을 태우고 있습니까?

유목민 불면증의 문턱에서

당신은 둥지의 꿈을 꾸며 서 있습니다.

당신이 가지고 있는 빛만으로는 이곳

구석구석에 잠들어 있는 어둠을 몰아내기에 충분하지 않다는 것을 깨닫지 못한 채.

## 저자 소개

**Ajita Sharma**

Ajita Sharma 은 인도 출신의 작가이자 시인입니다. 그녀의 작품은 다양한 온라인 출판물과 시집에 게재되었습니다. 어린 나이에 이야기를 짜기 시작한 열렬한 독자로서 그녀는 미술, 문학, 사진에 깊은 관심을 가지고 있습니다.

www.ingramcontent.com/pod-product-compliance
Lightning Source LLC
LaVergne TN
LVHW041539070526
838199LV00046B/1741